ये किताब एक उम्मीद है उनके लिए

जिन्होंने अपना कुछ खोया है।

तुम्हें खोने का शोक

अलंकृता शाह

सन्मति

Title: Tumhen Khone ka Shok
ISBN: 9789390539420
Author : Alankrita Shah

प्रकाशक
सन्मति पब्लिशर्स
बी-347, संजय विहार,
मेरठ रोड, हापुड़-245101 (उ0प्र0)
Website: www.sanmatiindia.com
Email: sanmati555@gmail.com
प्रथम संस्करण : मई 2023
मूल्य : ₹125/-

Print & Published by:
Tingle Books, Hapur

मेरी बात

समंदर के किनारे बैठकर, जब मैं, हिसाब लगा रही थी कि मैंने क्या खोया, क्या पाया; तब मैंने लिखा-

"तुम्हें खोने का शोक
समंदर से भी बड़ा है।"

और मुझे लगता है कि, ये पंक्तियाँ अपने आप में सम्पूर्ण हैं। मैंने जो जीया वही लिखा या वो लिखा जो मैं जीना चाहती थी।

लेखिका बनने का सपना मैंने कभी नहीं देखा था। ये सपना मुझे दिखाया गया और मैं शुक्रगुज़ार हूँ उनके प्रति जिन्होंने मुझे प्ररित किया और उन सब में सबसे पहला स्थान मेरी माता का है जो मेरे देखे सपनों को लेकर मुझसे ज्यादा उत्साहित रहती हैं। बस खेद इस बात का है कि वो सपने कभी सच नहीं हुए लेकिन सबसे अच्छी बात ये है कि वो इस खेद में कभी शामिल नहीं होतीं बल्कि कहती हैं कि, "दुनिया इतनी बड़ी है और सपनों कि भी कमी नहीं है। जिन चीज़ों कि डोर अपने हाथ में न हो उन सब के बारे में सोचकर क्यूँ खुद को तकलीफ देना! जहाँ भी रहो और जो भी करो बस पूरे मन से करो और ख़ुशी से रहो।"

ये मूलमंत्र जो उन्होंने मुझे दिया है अब ये मैं आप तक पहुँचा रही हूँ और यकीन मानिए, ये आपके भी काम आएगा। अब ये आपकी भी जिम्मेदारी है कि आप इसे उन सब तक पहुँचाएँ जिनको इनकी जरुरत है।

मैंने जो जीया या जैसा जीना चाहती थी, वही लिखा। अब जब मेरी किताब आपके हाथों में है और पन्ने दर पन्ने पढ़ते हुए आप मुझसे जुड़ाव महसूस कर पा रहे हैं तो ये मेरी बड़ी उपलब्धि होगी, इस सफ़र में। मुझे पूरा विश्वास है कि इन कविताओं में आप खुद को ढूँढ लेंगे....

आपकी

-अलंकृता

अनुक्रमणिका

कहाँ मिलोगे तुम मुझे

तुम कहाँ मिलोगे मुझे
चलते फिरते दिन में या
स्थिर होती रातों में
बंजर होती जमीन में या
लहलहाते खेतों में
नदी के आसपास या
समंदर के सैलाबों में
कहाँ ढूँढूं मैं तुम्हें
कहाँ मिलोगे तुम मुझे।

खालीपन

खालीपन क्या है
कल तुम थे
और आज नहीं हो
ये रिक्तता
ये एहसास
तुम्हारे इर्द गिर्द ना होने का
भावुक कर देती है।

तुम्हारा स्पर्श

गुलदान में सजे फुल उसे पसंद नहीं
कहता है इन्हें तुम सजा लो अपने माथे पर
इन्हें चार चांद लग जाएगा

ये महक उठेंगे तुम्हारे स्पर्श मात्र से
ये इतराएँगे इठलाएँगे
मुझे जलाएँगे...

चौखट

चौखट पर खड़े हो तुम
कभी अन्दर आओ तो जानो
कि कितने कांच बिखेर रखे हैं मैंने
जो चुभते हैं वक्त बेवक्त
सहन कर पाओगे तुम?

इसीलिए कहती हूँ
वहीं खड़े रहो।

तुम्हें खोने का शोक

मैं ख़ुद के लिए लिखूँगी तो क्या लिखूँगी?
अभी तक तो सिर्फ़ तुम्हें लिखती आई हूँ

कुछ सालों का साथ और जीवन भर का विलाप
एक चंद्रमा मेरे पास था
जिसमें थोड़े बहुत दाग भी थे
फिर एक अंजान तारे के हाथ में मुझे सौंप कर
उसे आज़ाद कर दिया
तब मैं क्या लिखूँगी?

फिर तो ख़ुद के लिए लिखना पड़ेगा न?
क्या हो अगर वो कहे
कलम नहीं चलनी चाहिए
क्या हो अगर वो सारे पन्ने फाड़ दे
उस वक्त तुम्हारी बहुत याद आयेगी
बहुत याद आयेगी

तब मैं लिखूँगी
एक चंद्रमा मेरे हृदय में आज भी परिक्रमा करता है

मेरे साथ-साथ चलता है
जो मेरा अपना है।

और तुम्हें खोने का शोक
समंदर से भी बड़ा है।

शायद ज्यादा थक गई हूँ

मुझे एकदम से लगा कि कोई कहानी सुनाए
मेरे बालों को हल्का सा सहलाए और
मैं सो जाऊँगी
जाने क्यों?
ये एहसास बड़े दिनों बाद गुदगुदी कर रहे हैं
शायद ज्यादा थक गई हूँ मैं।

तुम्हारे पास

मैं सब कुछ छोड़कर
तुम्हारे पास
आ जाना चाहती हूँ,
पर मैं
सब कुछ नहीं छोड़ सकती।

मैं और तुम

एक चंचल चितवन में,
मैं और तुम
अनंत खिलखिलाहटें और,
कभी ना खत्म होने वाला
उत्साह।

फिर मैंने लिखा

एक क्षण ऐसा भी आयेगा,
जब मैं तुम्हें छोड़कर
चली जाऊँगी...

मैं थोडी देर मौन रही
फिर मैंने लिखा,
मैं तुम्हें छोड़कर
कभी नहीं जाऊँगी।

जाशमीन

रात महक रही थी
जाशमीन सी
चांद खिड़की पर
आ गया
और
इश्क़ की चादर ओढ़कर
हम जागते रहे।

उधार

मैंने तुमसे कई दफा उधार मांगा प्रेम
ये कहकर की समय आने पर लौटा दूँगी।

साया

आज भी जब मुड़कर देखती हूँ तो
तुम्हारे साथ मुझे मेरा बचपन लौटता सा दिखता है
लगता है सर पर एक साया सा है
मैं चिन्ता विमुक्त हूँ
जैसे पिता के होने से होता है।

अधिकार

गलतियाँ हो जाती हैं
फिर भी चुनने का अधिकार
हमसे कभी भी
छीना नहीं जाना चाहिए।

सुबह

सुबह तुम्हारी याद थोड़ी ज्यादा आती है,
बाहर मौसम सर्द हो रहा था
उठने की हिम्मत थी नहीं
सोचा अगर तुम पीछे से गले लगा लेते तो
यूँहीं फिजा महक जाती।

सादगी

लोग पूछते हैं
इतनी सादगी क्यों?
मैं कहती हूँ उसे ऐसे ही पसंद है।

औरत

मैंने खुद को आइने में देखा
कुछ औरत सी लग रही थी।

शिकायत

तुम्हारी शिकायतें अगर खत्म हो गई हों तो
कुछ मसले मेरे भी सुन लो।

मायका

गोद में उठाकर
गोल-गोल घुमाने में
जाने क्या खुशी मिलती है तुम्हें?

मैं जितनी जोर से चिल्लाती हूँ
तुम उतनी ही जोर से मुस्कुराते हो
ये मुझमें जीवंत रखता है मेरा माइका।

आत्मग्लानि

तुम मुझे बचा लेना
अनंत दुःखो से
पास आती आत्मग्लानि से।

मेरा वक़्त तुम्हारा है

मैं नाराज़ हूँ
इस बात पर कि तुम्हारे पास वक़्त नहीं है
कहा गए वो वादे
जब तुम कहते थे,
मेरा वक़्त तुम्हारा है।

चांद पसंद है तुम्हें?

मेरी बाँहों में उलझकर
बालों में स्वेत मोगरा सजा कर
पूर्णिमा को इकट्ठे चांद देखने का सपना
सपना ही रह गया तो?

बेरंग

जीवन बेरंग हो सकता है
तुम्हारे साथ भी
फिर भी तसल्ली रहेगी कि
तुम साथ हो।

एक जात

एक गीत मुझे चौक पर बैठ कर गुनगुनाना था
हमारा पसंदीदा गीत
पर ये हो न सका
होता भी कैसे
चौक पर साथ में बैठने के लिए
जात एक होनी चाहिए
और ये कम से कम योग्यता है।

सुहाग

सुहाग क्षणिक है और
अनुराग शाश्वत,
विवाह याद रखने का विषय नहीं है,
अनुराग ही है
जिसे सदियों से
याद किया जाता है।

स्पर्श

तुम जिसे भी स्पर्श कर दोगे
वो पत्थर हो जाएगा
जैसे मैं हो गई हूँ।

एक अध्याय

एक अध्याय
यहाँ खत्म हुआ तुम्हारे साथ
अब आगे का पड़ाव
हम दोनों के प्रति
हमारी निष्ठा का परिणाम होगा।

प्रेम-पत्र

प्रेम पत्रों के तर्ज पर मिले हो तुम मुझे
वो प्रेम पत्र जो हमेशा से ही मेरे प्रिय थे,
और जब मैंने पहली बार मेरे घर के अलमारी में रखे
मेरे माता-पिता के प्रेम पत्रों को पढ़ा उसके बाद लगा
कि प्रेम बिना प्रेम पत्र के सदैव अधूरा ही रहेगा।
और तुमने लौटाया है मुझे वो दौर,
जिसकी प्रशंक मैं तबसे हूँ जब से समझा था कि
प्रेम शब्द के क्या मायने होते हैं,
तुम मिले और तुम्हारे साथ मुझे प्रेम पत्र भी मिले
पर मुझे हमेशा इस बात का दुख रहेगा कि तुम बहुत
देर से मिले

तुम्हारी...

रस

तुम्हें देखती हूँ, तो जीवन सार्थक लगने लगता है
कुछ समझ ही नहीं आ रहा क्या लिखूँ कैसे लिखूँ,
तुम्हें देखते वक्त कौन सा भाव, कौनसा रस
मेरे अंतर्मन में आता है मुझे नहीं पता,
क्योंकि कोई एक भाव हो तो मैं लिख भी दूँ, पर
ये तो मिश्रण है, प्रेम का, वात्सल्य का, करुणा का,
और ये तीनों मिलकर मेरे अंतर्मन में
एक घमासान उत्पन्न करते हैं
और इस घमासान में
मैं तुम्हारे माथे को चूमना चाहती हूँ,
पर तुम इतने दूर हो कि
मेरी ये ख्वाइश भी अधूरी रह जाती है।
फिर भी तुम्हें प्यार भेज रहीं हूँ,
इस खत के जरिए
कैसा लगा जरूर बताना।
-तुम्हारी...

सुख के रास्ते

संसार में कितने दुःख हैं
उन दुखों को अनदेखा कर
मैंने सुख के रास्तों को
तलाशना शुरू कर दिया है
जो मुझे और दुखी कर देते हैं।

बारिश

आजकल बारिश तुम्हारी तरह हो गई है,
ना सर्दी देखती है और ना ही गर्मी
जब भी जी में आया तब बरस जाती है।
बिना किसी संकोच के
बिना किसी शरम के
बिल्कुल तुम्हारी तरह।

तुम्हारा ना होना

कल तक
तुम्हारा ना होने की कल्पना भी
मेरे लिए मृत्यु का पर्याय था
फिर भी,
आज मैं जीवित हूँ।

एक आना

एक आने की कीमत
कितनी है आज के दौर में
सब जानते हैं,
एक पुराना और खोटा सिक्का
मिलने पर ना कोई हर्ष और
न खोने पर कोई शोक
पर ये तो आज की बात है ना
कल तक तो ये एक आना
जाने कितनों की तकदीर
बदलने की क्षमता रखता था
ये जो परिवर्तन आया है
वो केवल समय का परिणाम है
कभी-कभी लगता है मैं वही एक आना हूँ।

मुझसे बेहतर

मैं,
मुझसे बेहतर मुझे तुम समझते हो
ऐसे दावों को मैं ख़ारिज कर देती हूँ।

मलाई

मलाई-मिश्री लपेटकर
शब्दों से खेलना
मैं खूब जानती हूँ
तो तुम्हारे शब्द
तुम थोड़ा आराम से फेंकना
मेरे सामने।

जब तुम्हारे नाम के आगे मेरा नाम होगा

जब तुम्हरे नाम के आगे मेरा नाम होगा
उस दिन क्रांति होगी
सहज और असहज दोनों पहलू
एक ही सिक्के पर विद्यमान हैं
असहज इसीलिए है क्योंकि
ना हमने कभी सोचा और
न कभी अपनाया उनको
जिन्होंने ऐसा सोचा
दुनिया ऐसी ही गोल मटोल है,
तथ्य प्रस्तुत करती है
सिर्फ़ जीतने के लिए सभाओं में
ख़ुद से कभी निष्पक्ष होकर प्रश्न करना
सही गलत के बीच की दीवार
उस दिन ढह जाएगी
उस दिन तुम सीख जाओगे
दूसरों के सच को देखना और
अपने तथ्य को किनारे रख कर
आत्मचिंतन करना।

तारा

एक तारा मेरे साथ-साथ चलता है
हर जगह से दिखता है।

मोगरा

मोगरा, गुलाब हो गया
कहा था ना हाथ मत लगाना।

तुम्हारे इश्क का रंग

बादल को रंगीन होता देख रही हूँ मैं,
शायद तुम्हारे इश्क़ का रंग मुझमें घुल रहा होगा।

तुम्हारे निशान

ये रास्ते ये शहर
तुम्हारे निशान ओढ़े हुए हैं
इनसे कह दो कि
ये तुम्हारी याद ना दिलाएँ
मन तरसता है तुम्हारे दीदार को हर रोज
इनसे कह दो कि आग ना लगाएँ।

तुम्हारी हदें

मैं कुछ भी नहीं जताती
चुपचाप देखती हूँ
अनभिज्ञ रह कर
तुम्हारी हदों को देखना चाहती हूँ।

संदेह

आज मुझे संदेह हुआ तुम पर
फिर पश्चाताप।

प्रेम की नींव

प्रेम की नींव रखने से पहले
हम विश्वास की नींव रखते हैं
जब विश्वास
पूरी तरह से स्थापित हो जाए
तब ही
प्रेम शोभा देता है।

जब तुमने लौटने की कोशिश की

इतने दिन लगता रहा कि काश तुम लौट आते
फिर जब तुमने लौटने की कोशिश की तो
मैंने जाने क्या-क्या सुनाया
उस वक्त बस यही धुन रहती थी कि
जितनी तकलीफें तुमने दी थी मुझे
वो सब वापस लौटाना है
वो कैसा होता है?
आस देकर
संसार ही पलट देना...
विश्वास ही नहीं होता मैं वही थी,
जो रोते बिलखते
तुमसे प्रार्थनाएँ करती थी कि
सिर्फ एक बार बात कर लो,
आत्मविश्वास हिलाकर रख दिया था तुमने।
इतने वादे,
इतनी बड़ी-बड़ी बातें,
ये आचानक से कैसे तय हो जाता है कि
अब प्रेम नहीं करना
एक दिन में तो तय नहीं किया होगा ना?
वही वक्त मुझे भी तो दिया होता,

बैठकर समझा देते कि
अब और प्रेम नहीं कर पाओगे।
अब तुम लौट आए हो तो
तुम चाहते हो कि
तुम्हें, मैं सब कुछ भूल कर स्वीकार कर लूँ,
कतई नहीं...
अगर तुम इस संसार के
आखिरी पुरुष होते
तब भी नहीं।

तुम उलझना नहीं चाहते ना?

तुम्हारे साथ एक लम्बे सफर पर जाना है
शान्त कलकल बहती नदियों में कैसे तुम हाथ फेरते हो
बिल्कुल वैसे ही अगर मेरे सिरहाने बैठकर
तुम अपनी उंगलियाँ
मेरे बालों में उलझा लेते तो मैं भी बहने लगती
पर तुम उलझना नहीं चाहते ना?
पर उलझना भी कभी कभार अच्छा होता है,
जैसे मेरे बालों का उलझना तुम्हारे शर्ट के बटन में,
जैसे चलते-चलते मेरे हाथों का उलझना
तुम्हारे हाथों में,
हाथ फेरने के ये एहसास
तुम्हें ज्यादा आत्मविभोर करते हैं,
या वो नदियाँ जिनकी तलाश में तुम निकलते हो?
काश तुम कभी मेरी खोज में निकलते
मैं भी तो खो गई हूँ
अगर हो सके तो
मुझे भी ढूँढ ला ओ।

रिश्ते

कुछ रिश्ते केवल इसलिए होते हैं आपके जीवन में
ताकि आपको संभाला जा सके
उन परिस्थितियों में
जब जिंदगी बोझ लगने लगती हो
और लोग फरेबी
तब यही वो लोग हैं जो आपसे चिपके रहते हैं
आपको आभास दिलाते रहते हैं कि
तुम बिल्कुल भी व्यर्थ नहीं हो
तुम वो सब कर सकती हो जो तुम करना चाहती थीं।

भीड़

एकांत की खोज मुझे कभी नहीं रही
तुम्हारे साथ समय व्यतीत करने के लिए
मैं हमेशा भीड़ ढूँढती रही
ये देखने के लिए कि क्या
भागती दौड़ती सड़कों पर
जहाँ हाथ पकड़ कर चलना भी मुश्किल हो
क्या तुम्हारी नजरें मुझपर ही हैं या तुम
भटक जाते हो फिजाओं को देख कर।

फरेबी

क्या ढूँढती रहती हो खाली पन्नो में?
कहानियाँ सारी बेआबरू हो गईं
सारे लिखने वाले फरेबी करार दे दिए गए।

प्रणय

जरूरी नहीं कि सारे प्रेमी पावन प्रणय में बंधे
पावन बेला में मिले
कुछ प्रेमी सबसे दुखद मूहुर्त में मिलते हैं
और सबसे सुखद बेला में बिछड़ जाते हैं।

कुछ रिश्ते ना बनते तो अच्छा होता

कभी-कभी लगता है कि
कुछ रिश्ते ना बनते तो अच्छा होता
कम से कम बेवजह इनके टूटने से
तकलीफ तो नहीं होती।

तुमने अपने जीवन के चार वर्ष उसे दिए हैं और उसने तुम्हें

मैंने तुम्हारी कहानी सुनी और बड़े इत्मीनान से
कॉलेज के दिनों जब तुम उस लड़की के प्रेम में थे,
शायद आज मुझसे जितना करते हो,
उससे भी कहीं ज्यादा
ये पड़ताल मैं बातों ही बातों में करती रहती हूँ,
फिर भी अभी निष्कर्ष तक नहीं पहुँच पाई हूँ।
तुमने वो सब कुछ बताया
जितना मुझे मालूम होना चाहिए,
तुमने, तुम दोनों की पसंदीदा मूवी और गानों का भी
जिक्र किया,
वो गाने जब भी मेरी कानों तक आते हैं,
मुझे याद दिलाते हैं कि,
तुमने अपने जीवन के चार वर्ष उसे दिए हैं और
उसने तुम्हें,
थोड़ी बहुत ईर्ष्या भी होती है,
फिर भी प्यार आता
तुम्हारे उन दो-तीन सालों के बारे में जानकर,
जिसमें तुम अकेले थे,
विरह के मेले में,

उसके ख्यालों में,

हाँ अक्सर ऐसा ही होता है

कॉलेज खत्म

प्रेम भी खत्म,

इतनी अटकने होती हैं कि,

उनसे सुलभ वियोग लगने लगता है।

जाने कितनी ऐसी कहानियों को

मैंने घटित होते हुए देखा है।

और इन कहानियों में

मुझे दुःख उस पार्टनर के लिए लगता है, जिसने

सबकुछ किनारे रख कर

तुम्हें अपना सौ प्रतिशत दिया हो।

तुम्हारा संरक्षण

सड़क पर तुम कैसे बच्चों सा मेरा हाथ पकड़ कर
हमेशा मुझे दूसरे किनारे पर कर देते हो
अच्छा लगता है फिर भी कभी-कभी लगता है कि
क्यों केवल मुझे ही तुम्हारे संरक्षण की आवश्यकता है?

लाल

लाल
ये तुम्हारा रंग है
इसे मैं त्रासदी कहूँ या सौभाग्य।

पर केवल स्त्रियों के लिए

इस रंग की खुशकिस्मती ये है कि इस रंग ने हमारे
जीवन के हर पड़ाव पर एक नया एहसास दिया है
और यही इसकी बदकिस्मती भी है
जब इस धरती पर आई तो इसी रंग में सनी हुई थी
शायद इसीलिये इसे हमारे पूर्वजों ने बहुत महत्व दिया
पर केवल स्त्रियों के लिये
घर बसे तब भी लाल और घर उजड़े तब भी लाल
हर बार सवाल 'न जाने क्यों ये लाल" पर
आकर अटक जाता है
पर केवल स्त्रियों के लिए
हमारे लाल को इतनी सारी उपमाएँ दे दी गईं कि
कभी-कभी मुझे शंका होने लगती है कि
ये लाल रंग मेरा है भी कि नहीं
मैं मेरे लाल को किसी से जोड़ कर
नहीं देखना चाहती।

तुम्हारी ये चालाकी

तुम्हारी चालाकी है ये कि
तुम हमारे हर विद्रोह को
आदर्शवाद का ज्ञान पढ़ा कर
शांत करा देते हो
तुम्हें क्या लगता है
तुम्हारी ये चालाकी हमे समझ नहीं आती?

औरतें काम के बहाने बस घूमने जाती हैं

मैं कई रातों से सोई ही नहीं,
तुम वहीं मेरे पास सो रहे थे पर
तुम्हें कुछ खबर नहीं थी
तुम अभिनय करते रहे, अंजान बने रहे
पर जैसे ही मैं खिड़की के पास आई और
काम पर जाती महिलाओं को देख सोचा कि
इतना पढ़ने के बाद भी मुझे नौकरी नहीं करने दी गई
तुमने मुझे देखा और मुस्कुराते हुए कहा कि
ये सब औरतें काम के बहाने बस घूमने जाती हैं
तुम एक काम करो जाओ एक अच्छी सी चाय बना
कर ले आओ
अरे सुनो एक दो पकोड़े भी निकाल देना।

महिलाएँ अपनी मर्यादा कैसे भूल सकती हैं

एक प्रगतिशील महिला को देखकर
दूसरी महिला कभी ये नहीं सोचती कि
वो खुद प्रगतिहीन है
वो सोचती है कि
ये महिलाएँ अपनी मर्यादा कैसे भूल सकती हैं।

मैं जानता हूँ

जमाने से थक हार कर जब मैं तुम्हारे पास आती हूँ
तो इस उम्मीद से आती हूँ कि
तुम और प्रश्न नहीं पूछोगे मुझसे
मुझे गले लगा लोगे और कहोगे कि
इतनी परेशान क्यों हो जाती हो
ये सब जिंदगी का हिस्सा है
और मैं जानता हूँ
तुम कर लोगी।

अलसाई सी दोपहरी

अगर कोई पूछे कि क्या चाहिए?
तो मैं कहूँगी
अलसाई सी दोपहरी
पेड़ की छाँव
एक खाट, गुनगुनाता रेडियो
और तुम
और तुम्हारे हाथ में
मेरा कोई पसंदीदा उपन्यास

इतना काफी है
अलसाई सी दोपहरी को काटने के लिए।

बिंदी

तुम अक्सर मुझसे कहते हो कि
बिंदी तुमपर बहुत जँचती है
और मैं मुस्कुरा कर कहती हूँ कि
ये बिंदी नहीं ब्रह्मांड है
और ये ब्रह्माण्ड मेरे माथे पर बना रहे
इसके लिए
तुम्हारा इसी ब्रह्मांड में बने रहना आवश्यक है
ऐसा मैं नहीं कहती, ऐसा कुछ लोग कहते हैं

मेरे लिए प्रेमी और पति सर्वस्व नहीं हैं,
मेरे लिए केवल मैं सर्वस्व हूँ

इसका अर्थ ये भी नहीं है कि तुमसे मुझे लगाव नहीं
तुम्हारे लिए मैं पूरा जीवन रुकने को तैयार हूँ
पर तुम मेरे लिए सर्वस्व नहीं हो
और मैं भी तुम्हारे लिए सर्वस्व नहीं होना चाहती।

तुम्हरी और भी प्रेमिकाएँ रही होंगी

तुम्हारी और भी प्रेमिकाएँ रही होंगी
मेरे भी प्रेमी रहे होंगे
मैंने तुम्हें उस कहानी के साथ स्वीकार कर लिया
तुमने भी मुझे उस कहानी के साथ स्वीकार लिया
मैंने तुम्हें बड़ी आतुरता दिखाई
ये जानने के लिए कि,
वो तुम्हें कैसे प्रेम करती थी
या तुम उन्हें किन नामों से पुकारते थे
तुम्हें उसकी कौन सी बात सबसे अच्छी लगती थी
मुझे कभी जलन नहीं है उनसे
ज़रा सी भी नहीं
पर तुमने कभी क्यों जानना नहीं चाहा
मेरे प्रेमी कैसे थे?
उन्हे मुझमें क्या पसंद था?

या मैं क्यों बिल्कुल निर्भीक होकर
तुमसे सब कुछ नहीं बता पाई?

फिर मेरे माथे को चूमकर

वो मुझे चांद दिखाने के बहाने छत पर ले गया
कहता है आज चांद पूरा है
फिर मेरे माथे को चूमकर
मुझे देखता रहा।

ये बात तो रह ही गई

इतना कुछ सोच कर आती हूँ
तुमसे कहने को
और हर बार लौटती हूँ
इस मलाल के साथ कि
ये बात तो रह ही गई।

स्त्री-पुरुष

कभी
इस ब्रह्माण्ड की
आकृति की कल्पना की है तुमने
आड़ा तिरछा गोल मटोल
अंत ही प्रारंभ हो और
अगर प्रारंभ ही अंत हुआ तो
कोई निष्कर्ष निकाल पाए हो क्या?
स्त्री-पुरुष
आकृति
फर्क
मजाक
तर्क और वितर्क
सब कुछ इसी ब्राह्मण में घटित हो रहा
जिस ब्रह्माण्ड की
आकृति आज भी अज्ञात है।

सुनती हो

क़यामत होगी
उस दिन जब तुम कहोगे
सुनती हो...
ज़रा बालकनी में आकर बारिश तो देखो
या की थोड़ा थम जाओ
या की अपनी किताबें किनारे रख कर
मेरी बनाई चाय की दो चुस्की लो और
कुछ किस्से मुझे भी सुनाओ
सुनती हो...

वो पुरुष है

आँख दिखाती इन स्त्रियों को हमेशा कहा गया कि
कैसी स्त्री है जो पति को दबा कर रखती है
और इन पुरुषों को कहा गया कैसा पुरुष है
जो पत्नी से डरता है/ पत्नी की हर बात मानता है।

पर वहीं आँख दिखाते एक पुरुष को
हमेशा कहा गया (माफ करना उसे कुछ नहीं कहा गया)
हमे कहा गया कि वो पुरुष है
वो आँख दिखाए भी तो क्या
तुम्हें सह लेना चाहिए क्योंकि तुम स्त्री हो।

अब मुझे फर्क नहीं पड़ता

मैं तुम्हारे प्रयत्नों को नजरअंदाज नहीं करती
बस मैं जताना नहीं चाहती
मुझे फ़र्क नहीं पड़ता अब
कोई साथ रहे ना रहे
एक समय था जब पूरा मन था
किसी को आत्मसात करने की
अब वो समय सीमा निकल चुकी है
मुझे पता है तुम क्या सुनना चाहते हो पर
मैं कभी नहीं कहूँगी कि तुम्हारे ना रहने से मुझे फर्क
पड़ता है,
जिंदगी किसी के बिना नहीं रुकती
और ये अनुभव मैंने जीया है
समय-समय पर बस चीजें स्मृति पटल पर आ जाती हैं
कभी-कभी दो चार बूँदें भी फिसल जाती हैं,
इससे ज्यादा कुछ नहीं होता।

लोगों को वक़्त लगता है

लोगों को वक़्त लगता है
मुझे एक क्षण लगा था तुम्हें प्रेम करने में।

उस एक क्षण में देख लिया था मैंने,
अनवरत स्फुटित होता स्नेह,
जिसका कोई प्रयोजन नहीं था
होना था तो हो गया।

उसका होना मेरी कमज़ोरी है या ताक़त?

वो कहता है जब तक मैं हूँ
तुम्हें कोई चिंता करने की जरूरत नहीं
मैं सोचती हूँ
उसका होना मेरी कमज़ोरी है
या ताक़त?

तुम अभी उस श्रेणी में नहीं आते

"तुम्हें बुरा तो नहीं लगा मेरी बातों से?"
उसने पूछा

मैंने कहा,
"तुम अभी उस श्रेणी में नहीं आते कि
तुम्हारी बातों का बुरा मान जाऊँ।"

अंत मे क्या होगा

अनिश्चितता चाहें जितनी भी हों
प्रेम स्फुटित हो ही जाता है
अंत में क्या होगा
इस बात का सोच कर प्रेम को
कितना टाला जा सकता है
अगर राधा अंत का सोच कर प्रेम करती तो
कैसे समझ पाती कि
कृष्ण सा प्रेम पाना दुर्लभ है।

क्या है ऐसा इस तारे में?

मुझे जाने कितने बरस लगे
तुम तक पहुँचने में
सबकुछ खूबसूरत था एक वक्त तक
ऐसा लग रहा था जैसे
किसी ने आसमान से तोड़ के
तारा दे दिया हो
और मैं गुमान करती रही
फिर
एक क्षण आया जब
मुझे लगने लगा कि
क्या है ऐसा इस तारे में?
एक पत्थर ही तो है।

एक सदी

तुम्हारे इंतज़ार में एक सदी बीत जाए,
फिर भी मुझे कोई अफ़सोस नहीं।

गुलदान

एक गुलदान वीरान पड़ा है
तुम्हारे इंतजार में।

शाश्वत

आँखों में समंदर समा गया
तुम्हारे मोह भंग से
मैं भी जानती हूँ कि
इस संसार में शाश्वत कुछ नहीं है फिर भी
मुझे इतने कम की उम्मीद नहीं थी।

तुम्हें तो मेरे प्रयत्न भी नहीं दिखते

शोक किस बात का
तुम्हें तो मेरे प्रयत्न भी नहीं दिखते
और जाने का मन बनाकर आए हो तो
रोकना व्यर्थ ही होगा
एक और अफ़सोस
अब कौन अपने नाम करे कि
बेफिजूल ही
मैंने मिन्नतें की थीं।

चिट्ठियाँ

तुम्हारे इम्तेहान हैं कि
खत्म होने का नाम ही नहीं लेते
ना मैं तुमसे कुछ कह पा रही हूँ
और ना ख़ुद से
आख़िर और कितना इंतज़ार करना होगा मुझे
तुम हर रोज
मुझे विश्वास दिला कर जाते हो कि
बहुत जल्द सबकुछ ठीक होगा
और एक दिन हम मिलेंगे
ऐसे करते-करते
कितना लंबा समय बीत गया
मैं अपनी कविता और कहानियों में व्यस्त रही
और तुम अपने काम में
और कितना धीरज रखना होगा मुझे?
ये सारे सवाल मैं यहाँ लिख रही हूँ क्योंकि
मैं तुमसे नहीं कह सकती,
तुम इस किस्म के व्यस्त हो
जिस दिन तुम आओगे
उस दिन ये सारी शिकायतें

एक साथ करूँगी (हँसते हुये या रोते हुए ये नहीं जानती)
और हाँ मैं दुःखी नहीं हूँ
बस धैर्य थोड़ा सा कम पड़ गया है।

तुम्हारी...

तुम मेरी हो और मैं तुम्हारा

जब तुम्हरे साथ चलना स्वीकार किया था
तब प्रेम के मायने कुछ और थे
जैसे-जैसे सफर आगे चला मेरे मायने बदलते गए

पास रहने और साथ में घूमने, इसके अलावा
सब कुछ था हमारे दरमियान
प्रेम, 'तुम मेरी हो और मैं तुम्हारी'
इन वाक्यों से कहीं ज्यादा होता है
सैकड़ों अधिकारों का दावा
ये प्रेम का हिस्सा नहीं है
प्रेम दावा नहीं करता
प्रेम केवल देखता है, सुनता है, महसूस करता है
सामने खड़े व्यक्ति की भावनाओ को टटोलता है
उसकी खुशियों की परवाह,
तुम्हारे दावों से
कहीं ज्यादा होनी चाहिए।

तुम्हें तुम्हारे हिस्से का प्रेम लौटाना है

हम अक्सर भूल जाते हैं
तुम्हें तुम्हारे हिस्से का प्रेम लौटाना है
हम अक्सर भूल जाते हैं कि
वो व्यक्ति
जो इतना कुछ देता आ रहा है तुम्हें
उसे भी उन क्षणों को जीने की लालसा होगी।

प्रेम मृगतृष्णा है

16 की उम्र से हमारे मन में उन्माद शुरू होते हैं
प्रेम को समझने के लिए, प्रेम को पाने के लिए
प्रेम मानो सबसे जरूरी हो और
वो हवा, पानी की जगह भी ले ले।
ये मिलता है और
साथ में मिलता है इसके, बहुत सारा उत्साह।
सब कुछ ऐसा मानो तुम स्वर्ग की सैर पर हो,
फूलों का पथ और हाथ में प्रेमी का हाथ
सब कुछ अच्छा अच्छा,
और हम जब प्रेम में होते हैं ना
तो कई बार हम उस चीज के लिए भी
हाँ कर देते हैं जो
हमें बिल्कुल भी स्वीकार्य ना हो
और जैसे जैसे दिन ढलते हैं
यही स्वीकृति, अस्वीकृति में बदलती जाती है
और वजह बनते हैं
कभी ना खत्म होने वाले उन्माद का,
और धीरे-धीरे वो सारे फूल
जो खिले थे अनंत पर जाकर,
वो झर जाते हैं पुनः धरती पर।

और हम एक बार फिर निकलते हैं
प्रेम की तलाश में।

प्रेम मृगतृष्णा है
केवल दूर से ही तुम आभास कर सकते हो कि
ये तुम्हारे अंतरिम तृष्णा को पारितोषिक करेगी,
निकट जाने पर ये भ्रम टूट जाता है।
और मेरे इतना कहने के बाद भी तुम प्रेम करोगे,
क्योंकि कोई भी प्रेम के स्पर्श से
अछूता नहीं रहना चाहता।

तुमसे बिछड़ कर

कभी-कभी रोना आता है
ये सोच कर कि
कैसे एक इतनी सहज लड़की
इतनी कठोर हो गई
तुमसे बिछड़ कर।

तुम मेरे सवालों से थक जाओगे

क्यों तुम मुझ तक पहुँचना चाहते हो
जितनी सरल मैं दिखती हूँ,
उतनी ही उलझी हुई हूँ
यकीन करो
तुम मेरे सवालों से थक जाओगे।

अपरिचित

वो दिन मुझे याद है
जब मैं बनारस में
हताश, शांत घाट पर थी
तुमने मुझे देखा और पूछा कि
"कुछ परेशान लग रही हो?"
मैंने देखा और मुस्कुरा दिया

तुमने फिर पूछा-
"तुम यहाँ क्यों आई हो?"
जवाब मिला-
"सौभाग्य लेकर आया है,
अस्थियाँ लेकर आई हूँ।
किसी को अलविदा कहने आई हूँ।
उन्हें सांसारिक सुख-दुःख से स्वतंत्र करने आई हूँ।
जब कोई मरता होगा तो बहुत तकलीफ होती होगी
ना?"

तुमने फिर पूछा-
"हाँ, जो यहाँ छूट गया उसके लिए तो दुःख ही दुःख है
कोई भी मरने वाले की सोच कर दुःखी नहीं होता वो

खुद को सोच कर रोता है,
उसके न होने पर होने वाली रिक्तता पर रोता है

फिर तुमने क्यों कहा की तुम्हारा सौभाग्य यहाँ लेकर आया है तुम्हें?"

"मैं बनारस आई हूँ; जीवित...
क्या ये सौभाग्य की बात नहीं है?"

बनारस

बनारस की गलियों में
एक बार फिर
तुमसे टकराना चाहती हूँ
कुछ नए किस्सों के साथ।

मेरे बिना तुम्हारे जीवन का गणित

शून्य हूँ मैं
फिर भी मेरे बिना तुम्हारे जीवन
का गणित हमेशा अधूरा ही रहेगा।

प्रयोग

मैंने खुद पर बहुत से प्रयोग किए हैं
ये जानने के लिए कि
मैं किस तरह की प्राणियों की श्रेणी में आती हूँ।

तुम्हारे साथ की गईं मेरी सारी यात्राएँ

मैं एक ऐसे सफर पर निकलूंगी तुम्हारे साथ
जिसमें तुम्हारी होकर लौटूंगी, मुझे पता नहीं था।
दो यात्री जब प्रेमी बनकर लौटे।
तुम्हारे साथ कि गई मेरी सारी यात्राएँ:

तुम्हारे साथ तय कि गई वो छोटी सी दूरी भी मुझे
समुद्र लाँघने जैसा रोमांचक लगता है।
तुम्हारे साथ बैठना भी
वादियों में एक यात्रा की तरह रोमांचक है।

सुख

संसार में कितने दुःख हैं
उन दुखों को अनदेखा कर
मैंने सुख के रास्तों को तलाशना शुरू कर दिया है
जो मुझे और दुखी कर देता है।

भटकते प्रेमी

रास्तों की परवाह किसे है
भीगते भागते कहीं तो पहुँचेंगे
जहाँ अंगीठियाँ जल रही होंगी
हम जैसे भटकते प्रेमियों के लिए।

तब भी क्या

उस शहर में और भी लोग होंगे
तुमसे बातें करने को प्रत्यक्ष
तब भी क्या मैं तुम्हारी प्राथमिकता रहूंगी?

जैसे पिता के होने से होता है

आज भी जब मुड़कर देखती हूँ तो
तुम्हारे साथ मुझे मेरा बचपन लौटता सा दिखता है
लगता है सर पर एक साया सा है
मैं चिन्ता विमुक्त हूँ
जैसे पिता के होने से होता है।

कहाँ मिलोगे तुम मुझे

तुम कहाँ मिलोगे मुझे
चलते फिरते दिन में या
स्थिर होती रातों में
बंजर होती जमीन में या
लहलहाते खेतों में
नदी के आसपास या
समंदर के सैलाबों में
कहाँ ढूँढूं मैं तुम्हें
कहाँ मिलोगे तुम मुझे।

सांस आ रही है ना?

टूटते बिखरते एहसास
उम्र के साथ ऐसा ही होता है क्या
कल्पना भरी दुनिया से बाहर निकलकर
कैसा लग रहा?
जैसे पीछे से कोई हांक रहा हो
चलते जाओ-चलते जाओ
जीवन साथी चुनना है पर
प्रेम के आधार पर नहीं
सहूलियत के आधार पर
अगर सारी सहूलियत हो तो
प्रेम तो हो ही जाता है।
मान, धरम सब किनारे रख कर
प्रेक्टिकल होने में असल अक्लमंदी है
समझने की
उम्र में,
कैसा लग रहा है?
सांस आ रही है ना?

तुम्हारी नजरें घेर लेती हैं

बालों को सवारती हूँ तो
तुम्हारी नजरें घेर लेती हैं
जैसे संवरना तुम्हारे लिए होता हो
रंगों का नशा
लाल, पीला, नीला, हरा
सारे रंग टिम टिम करके
एक झटके में बदल जाते हैं
मैं हँसती हूँ
मेरी हँसी में तुम निखरकर आते हो
जब नशा चढ़कर उतरता है तो
तुम और याद आते हो
सब कुछ कह देने के लिए
जी भर रोने के लिए
तंग गलियों से निकलकर
खूद से खुद को मुक्त करने के लिए
तुम हो तो बहुत कुछ बचा हुआ है।

प्रेम मे वापसी

जाने वालों को कायदे से लौटकर
आना ही नहीं चाहिए
खुद तक लौट आना
ठीक लगता है।
प्रेम में वापसी
नहीं
पश्चाताप होता है।

गुलमोहर

जानती हूँ, पहचानती हूँ
तुम्हें, तुम्हारी खुशबू को
जैसे जंगल में गुलमोहर
तुम्हारे आस-पास होने से
बहुत कुछ महकने लगता है
खुद को रंगीन होता हुआ देखती हूँ
मन में मधुर संगीत सुनाई देने लगता है
मैं तुम्हें अपने साथ सोचती हूँ
भूत, भविष्य हर जगह जाकर
तुम्हें खुद से बांधने की कोशिश करती हूँ
फिर भी
तुम्हें मालूम ना पड़ जाए
इस बात से डरती हूँ।

यहाँ आसमान विरान पड़ा है

मैं हर रोज सोचती हूँ,
पतंग उड़ाने के दिन आ गए
और यहाँ आसमान विरान पड़ा है
मेरे घर से तुम्हारे घर के छत की दूरी उतनी भी नहीं है
जितनी हमारे दरमियान आ गई है।

फिर मिलना

तुमसे मिलकर कैसा लगा
अगर इसका जवाब
जानना चाहते हो
तो तुम्हें फिर मिलना होगा।

जिस तरह से तुम कदर करते हो मेरी

जिस तरह से तुम कदर करते हो मेरी
लगता है बहुत मोहब्बत करते हो तुम मुझसे।

मैं तुम्हें लिखना चाहती हूँ मेरे हर दौर में

तुम मेरी प्रेरणा हो
तुम्हें भुलाया भी कैसे जा सकता है?
तुम मेरी डायरी के हर दूसरे पन्ने पर हो।
मैं तुम्हें लिखना चाहती हूँ मेरे हर दौर में।

तुम्हारा होना

हाँ माना कि मैंने कहा था,
"तुम्हारा होना महज होना नहीं है
तुम्हारा होना मेरे लिए त्यौहार सा है
क्या इसी लिए तुम साल में बस दो चार बार ही आते हो।"